あるくことば　松岡政則

あるくことば　＊　もくじ

あるくことば

インドな記憶

インドへは行ったことがない
でも行ったことがある気もする
からだのどこかに
いつもほこりっぽい風がふいていて
ダージリン行の乗り合いジープのゆれや
グルカランドを夢みる担ぎ屋の顔がよぎったりする
コルカタの小便臭い映画館では
きれいな青年に手を握られていたし
シリグリではチベット料理のモモやトゥクパを喰うた
たぶん、インドへは行ったことがあるのだと思う。
しんこくなる滑稽
うそいつわりがもつ力能
過去の時間もまじりこんで、
ノラ犬がハアハアべろを出して通りすぎる、
音韻の悪いラジオがけたたましく歌っていたどこかの町

制度の外に追いやられたひとびと、
存在しないかのように生きてきたひとびと、
ダリットらの仏教への改宗が広がっているという
児童労働が支える空も（あの子らはわたしだ
排ガスの臭いも道ばたの牛の糞も
しまいには気にもならなくなる
猥雑な生のなかにこそ透き通ったあるくがある
いいやなんか面倒くさくなってきた
インドへは行ったことがある、そういうことにする
ひとは思ってもいないことを口にするものだ
喰うに困ればなんにだってなる
なら、インドともやったことがあるに決まっている。
夜のバス停の周りでは
みな下をむいて顔を青白く光らせている
インドへは行ったことがある

どこにいるのか

遠さ、未熟さをこそ信じたいのに
雨だってわたしの一部だのに
あるき倒すことでしか一日にならない
チェルノブイリとはニガヨモギのことらしい
そこまで行く
事歴と正対することはない
あるくという行為は
ことばをすてながら身軽になるということだ

お前を知っている、
という目を向けられ弱ったことがある
チョッカルをつつきながら生マッコリをやっていた
就職浪人街ノリャンジンの屋台でのことだ
もう素顔などどこにもないのに
わたしはすっかり手遅れだのに

ハラボジはその目をゆるめてくれない
ひとはみなどこか演じている
いま見られている、を生きている
カンジャンケジャンに吸いつきたくなる
イゴ ジュセヨ（これください）

SNSに上げないと体験したことにならないらしい
そこにいる
不謹慎でごめん不適切でごめんそこにいる
なにがそんなに許せないのかわたしら
あるくしかなかった
いつもあるき回るしかなかった
だいじょうぶ
わたしの消しかたなら知っている

島のくらし

ナガタニ川のカワセミ
ため池にはベニイトトンボ
ぶつけた覚えはないのに青じり（ここにも
義母はデイサービスに通っている
喰う分はめいめいの畑で作る島のくらし
ひとの目、というよりも土地そのものにみられている
地蔵堂そばの樟の巨木
そこからまっ黒な夜がはじまる

炎昼だろうがのぼりたくなる坂道だ
デッパリを斫り落として
石のツラを作っているのがいる
からだの使いかたがどこか父のそれに重なる
ヤカンの口からじかに茶をのんで
石垣をまもる者の務めだとわらう

合掌のあるいい聲だ
ゲンノウ、セットウ、コヤスケ、石切ノミ…
からだのどこかに石英の輝きを隠しもつ、
かつて島びとのだれしもが石工であっただろう
ひとごとのようで自分ごとなのだ

だいぶ下った道の岐れでふりむくと
おとこがまだこっちをみていた
かるく会釈をしたが返事らしきものはない
それがなんだ
どくどくと夏のいのち
くる日もくる日も坂をのぼるいのち
容赦のないいい夏だと思った
夏がこれほど夏であったためしはない物を言うな

ラジオ

迷蝶を狙ってか
内地の蝶屋も乗っている
与那国の路線バスは全線タダで
どこで乗ろうがどこで降りようがかまわない
ふぅがらさ（ありがとう）、ふぅがらさ

青みをおびた聲がする
手斧で砂糖キビを倒している
彼らはどこからか流れきた季節労働者
むかし立松和平がキビ刈りの援農隊に紛れこんだという話
（あれにひそかに憧れた
道ばたに落ちていた茎をかまうことはない齧ってみる
ここでは誰しもが未熟になる
半分でいられる
あとは島のいいなりになればよいのだ

ちかくの製糖工場からキビを焚く甘ったるい香りがする
クサ蟬はまだか
いくさ世はいまもつづいているのか
「民主主義はもうこりごり」
といったのは旧コザ市長の大山朝常だ
ちむぐりさ（肝苦りさ）、ちむちゅらさ（肝清さ）
島ぞうりを履いた自転車の男が
たいぎ気にちんたら蛇行しながら抜いていく

ヤポネシアの西のはじっこ
島ごとどこかしら流されていくような
ボサノバなひるひなか
リサは歌うようにしゃべるね
このままずっとたるんでいたいね

これからのみどり

あまえのない、
どろのついた聲がする
ただしい土地の力《はたらき》をかんじる
あるくというさみしい病い
クズ鐵をみるとドクドクする、
ときどきつよい訛りで叱られたくなる、
そういうからだだった

どんなことばにも「あの日の映像」がまじってくる
ニガナをちぎってみる白い白い乳

みたことはからだのどこかにのこる
でもだいじょうぶ
こうやってあるいておりさえすれば
五月のまことがふれにくる

母のよろこびをかんじる
あとは艸の差配にまかせればよいのだ
きょうの日のあるくが
いつかおまえを救うあめになる

軍手がかたっぽ落ちていた忘れることも大切だった
べろをだして変わったお顔の地蔵さま

聲だけで、
なにがなしに、
ちかしいひとだとわかることがある
これからのみどり
ことばをもたないものらの輝き
外聞はもういい
身ごしらえこそが清しい

にしてもだ。

問うべきを問うているのかわたしら。
くるぶしに溜るいやな熱のことだ。

聲にはいにしえびとがまじっている。
こども時分の口惜しいもある。
書かなかったことごとでわたしはできている。

孤独死のどこが恥ずかしいのか。
保証金でパチンコに浸かってなにが悪いのか。

映画『ヤコブへの手紙』のレイラの聲。
ことばはすくない方がよく届く。
ささやかにあろうとするひかりがあればそれでよいのだ。

あるく。たべる。まぐわる。

聲でしかわかりあえないことがある。
竹内新訳・駱英詩集『文革記憶』を読む。
書いてはならないことが書かれている胸が悪くなる。
それでもときどき清潔な震えがあった泣きながら読んだ。

わたしは絶望が足りないのか。
それとも不埒が足りないのか。

波路はるかに貨物船がみえる。
かつて海民と農耕民の間に通婚はなかったと知る。
山火事のあとに植えられたというミモザがいま花盛り。

核災以後を生きる聲のひとりびとり。
哀しみでは終わらせない聲のひとりびとり。

やまもも

いっそ誰かと罵りあいたくなる
その方がどれだけましかと思う

電子音に差配され
何に荷担しているのか
いるのにいないふりでいる、
サプリメントを飲む、
そうやってうすくなるしかないわたしらの日日
弱いからあるくのか
朝が足りないからあるくのか
鐵や、蟲や、艸どもが
空にむかって吐きだしている清冽なつぶつぶ
わたしらは何に怯えているのか
あるけばわかる、それが。

病んでいるのは病院だろう
わたしらは最終のカリオキバにいる

ひかりも被曝しただろう
まつぶさにみたのだろう
「白河以北一山百文」
棄民はいまも行われている
あるけばわかる、それが。
川のなまえを知る、
それだけで満たされるものがあった
あまずっぱい匂いの坂道
これが六月のみだらなのか
ヤマモモがいっぱい落ちているほらいまも落ちている
ここにはただ泣ける歓びがある

みなはどうか知らんけど

土偶をこわす、
あれが縄文のいのりの形だ
わたしと関係がないこととは思えない
ひとりで遊ぶこどもだった
シバが吠えると
背戸山に響きわたって
あれをずっと忘れていた
あそこには始まりがある
いいや始まりしかなかった

はなれようとすると
かすかにひかってみえた
荒荒しい鉈彫りの阿彌陀さまを思う
原初の聲、
の震えのようなもの

ことば以前の脈動のことだ
群青の痛みがくる
じぶんの聲が信用できない、
なにが後ろめたいのかがわからない、
縄文は遠いだけなのか

刺青、抜歯、海をわたった黒曜石
クリックひとつで
知りたいことが容易く知れる
わたしがニセモノなのはわかっている
清水谷のヒメボタル
そのえもいわれぬ群舞
あれをずっと忘れていた
真竹、石橋、六〇〇〇の星星
あれらも艸を意味する語群だろうか

ソラのひとら

蟲封じの札をさし
はたけに結界を張っていた
あのひとらはどこへ消えたのか
ねばつく土語で呼びとめて
あまいヤギの乳をのませてくれた
あのひとらはなんでソラをあきらめたのか
くずれ壁からなかを覗くと
日めくりカレンダーがみえる
土間には火吹き竹が立てかけてある
習字が貼られていた「美しい心」
こどもの哀しみなのか
障子に穴があいているぶすっ。ぶすっ。
音がきこえてくるよぶすっ。ぶすっ。ぶすっ。
わけのわからないものがこみあげてくる喉のくらがり
なんであんなウソを吐いたのか

つるばみの林をいっきに駆けおりる

とおくで慈愛の雨が生まれている
じきこっちへやってくる
地の勢にやられたい
ここで雨をあつめたい
ことばよりも先に
蠢いているもの
ことばでしか触れないもの
そうやってなにもしないをするのです
まだ十かそこらの
おさないふるえがいま脹脛にあるのがわかる
恩に着ます。

聲嗄れ

忍耐はない
性癖は治らない
起立しない連帯にも近づかない
セイタイイシュクです、と医者はいう
しゃべらないでいると退化するのだという
よってたかって誰かを責めたてて
わたしもお國もとり返しのつかないところにいるらしい
トタン波板の外壁と潮の満ち干
みかんの花咲く島でくらすことになりました

過剰な接続で
誰しもが疲れている
わたしらは知っている
知っていてなにもしないでいる
よわいものがよわいものを喰らうどん底

ひとがひとを信じるとはどういう刹那をいうのだったか
集団化していくわたしら、
「正気」が保てなくなるわたしら、
もうどんな顔でいたらいいのかわかりません

いみには約めない
あるくの成熟はもとめない
ない、という力
しらない、という歓び
所有する、がひとをダメにする
花崗岩土壌のやせた土地だ
もうからだの嫌がることはしたくない
わたしを脱ぎ散らかしながらでたらめをフレて回りたい
爆心地の方からなにかくるいっぱいくる口のようなもの

書肆侃侃房
Shoshikankanbou

水脈を聴く男

ザフラーン・アルカースィミー　山本薫、マイサラ・アフィーフィー訳

本体2,000円＋税　978-4-86385-674-5

アラビア語圏最高の文学賞
アラブ小説国際賞受賞作！

井戸で発見された溺死体のお腹から取り出された胎児。彼には大地の「水脈を聴く」能力が宿っていた——。

アラビア半島に位置し、雨のほとんど降らない小国オマーン。地下水路（ファラジュ）による独自の灌漑システムは、峻険な岩山や荒涼とした砂漠の地を潤してきた。『バグダードのフランケンシュタイン』などが過去に受賞したアラビア語圏最高の文学賞に輝いた、水をめぐる傑作長編。

現代短歌パスポート5
来世イグアナ号

本体1,000円＋税　978-4-86385-670-7

大好評の書き下ろし新作短歌アンソロジー歌集、最新刊！

斉藤斎藤　山崎聡子　堀静香　吉田隼人
井上法子　佐々木朔　石井僚一　丸山るい
野口あや子　内山晶太

佐々木朔「新市街」　井上法子「碧瑠璃」　丸山るい「遠景」
堀静香「ひらひらと四股」　野口あや子「サブスク」
内山晶太「逃げてゆく馬たちの」　山崎聡子「越冬隊」
斉藤斎藤P「呼吸のように」　吉田隼人「nunc aeternum」
石井僚一「ありがとアーメン、さよならグッバイ」

大江満雄セレクション　木村哲也編

本体2,000円＋税　978-4-86385-662-2

ぼくらを感激さすものは　ぼくら自身がつくらねばならぬ（「雪の中で」より）

ハンセン病療養所の入所者による合同詩集『いのちの芽』を編んだ詩人大江満雄の代表的な仕事を精選した作品集。

プロレタリア詩運動の中心で活躍した後、戦争詩の時代を経て、戦後の激動期を生き抜いた大江満雄。常に混交のなかに身を置き、社会の片隅で生きる人たちへのあたたかいまなざしにあふれた作品群を残した。単行本初収録作品を含む詩63篇と散文8篇を収録する。

空と風と星と詩
尹東柱日韓対訳選詩集　尹東柱　伊吹郷訳

本体2,000円＋税　978-4-86385-661-5

空を仰ぎ、星をかぞえ、時代の朝を待った尹東柱（1917－1945）
彼の詩を読みながら、ゆかりの地をたどり、彼の歩いた地と彼の心を感じてほしい。

自選の19篇を中心にした日韓対訳選詩集　韓国で最も愛される澄明な詩群
詩人の生涯を詩と写真でたどる旅　両開きで日本語と韓国語の詩をそれぞれ収載

メイ・モリス
父ウィリアム・モリスを支え、ヴィクトリア朝を生きた女性芸術家　大澤麻衣

本体2,300円＋税　978-4-86385-664-6

“私は普通の女ではありません。昔からそうでした。
誰もそう思ってはいなさそうですが”——メイ・モリス

モリス商会創設
150周年

刺繡は高度な技術とセンスを必要とする芸術ですが、それに携わってきた女性たちは芸術家として扱われてきませんでした。この本はそんな刺繡に人生を捧げた女性アーティストの姿を浮き彫りにします。　——北村紗衣

裏組織の脚本家　林庭毅　明田川聡士訳

本体2,100円＋税　978-4-86385-663-9

人生の台本を書き換えられるとしたら、誰の人生を“サンプル”にしますか？

台北・西門町にある浮木《フームー》という居酒屋には、闇の組織「ワラビ」のメンバーが潜伏している。屋根裏の小部屋「ワラビの部屋」に「新しい人生の台本」を抱えて入れば、人生を変えることができる。ただし、それには条件があった……。

台湾発のSFファンタジー　≪ドラマ化企画進行中！≫

ザ・ブック・オブ・ザ・リバー　川合大祐

本体2,200円＋税　978-4-86385-671-4

フーダニットの針が挿さってゆく水風船

現代川柳の到達点とも言える、異次元の2025句を収録する川合大祐第三川柳句集。『スロー・リバー』『リバー・ワールド』と続いてきた前人未到の現代川柳プロジェクト「リバー」シリーズ、ついに完結！

ずっとのろしをみていた鼻行類の図鑑
奥村という説得を思いつく
未確認飛行物体（F・カフカ）
砂漠から巨大舞妓が立ちあがる
9の字を校庭に描く時の暮れ
バカミスに犬小舎をでる犬　朝だ

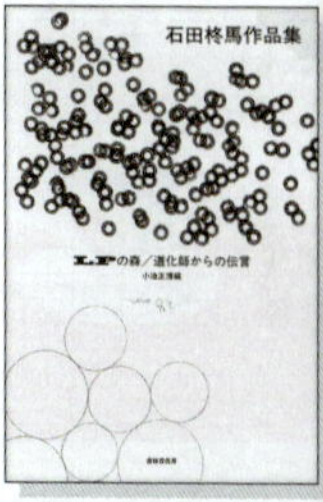

LPの森／道化師からの伝言
石田柊馬作品集　小池正博編

本体2,000円＋税　978-4-86385-646-2

瀬戸夏子さん推薦！
「どうしようもなくかっこいいのに、そんなことを言ったら嫌われてしまいそうだ。含羞のダンディズムに導かれてわたしたちは現代川柳の真髄を知ることになる」

川柳性を徹底的に突き詰め、「妖精は酢豚に似ている絶対似ている」などの作品でも知られる現代川柳の先駆者・石田柊馬（1941〜2023）。没後2年目に出版となる、晩年の作品と「道化師からの伝言」「世紀末の水餃子」ほか代表的な評論を収載した作品集。

往信　佐々木朔

本体2,000円＋税　978-4-86385-666-0

朗読をかさねやがては天国の話し言葉に到るのだろう

ぼくの街、森、湖辺《うみべ》から　きみの駅、埠頭、観覧車へと　連絡橋を渡っていく切手たち。そして鳩。――飛浩隆

はるのゆめはきみのさめないゆめだからかなうまでぼくもとなりでねむる
いちめんに銀杏つぶれラブコメの最後はかならずラブが勝つこと
関係を名づければもうぼくたちの手からこぼれてゆく鳳仙花

ユニヴェール23　この窓じゃない　佐倉麻里子

本体2,100円＋税　978-4-86385-668-4

ここじゃない場所でこれじゃないくらしをしたい　早めにめくるカレンダー

ネガティブを反転させるユーモア。佐倉さんの歌が、幅広い読者に受け入れられることを強く予感している。――伊波真人

写真付きの身分証ひとつも無くて私は私で合っていますか
「ゆううつ」とフリック入力する指が軽快すぎるから見においで
仮装大賞のランプに例えつつ急な体調不良の話

交感

巧まない、
からだがすることだからしかたない、
それがあるくの素意だろう
どこまでもの先っぽまで
くるぶしのあたりが澄みわたってくるまで
そうやって艸のこどもにかえっていく

老師の国では
人権派弁護士らが酷刑を受けている
聲は単身牢房から響くのか
だからなんだ
わたしはこのさき事件の一つも起こさないだろう
おもしろみのないおとこだ
ときどきじぶんがみじめになる

表情のないわたしら、
はげしく出会えないわたしら、
その聲を
むしょうに聞きたくなることがある
釜山はタルトンネと呼ばれるスラム街
韓方医院前の地べたにしゃがんでいたおんなのこ
口惜しい、っていいなあおんなのこ

川むこうで響かう聲々
おおちち、おおははらのそれだろうか
いいや世間師どものさみしい肉慾、
猥歌のようにも聞こえる
たいていはいささかのとるにたらないことども
ひとはみえないのに
聲だけうごいていく

ありがとう

つれあいの
髪を洗っている
一週間ぶりだという
たからの持ち腐れだとよくぼやいていた、
ちちふさのあたりを濡らさぬように
注意ぶかく洗っている
あーきもちいい
もっとつよくして
あっ、そこっ
ボリビアにはいかない
手が
はずかしいから
ビクーニャのまったき空を
ラパスの坂道をあきらめて
つれあいの髪を洗っている

九浅一深の秘儀で
いのりのような純一で。
どこかでおんなの髪を洗ったことがあるのだろうという
だまってないでなんとかいえという
お國はこわれているのに
わたしはしんそこうれしくて
のどのあたりがいっぱいで
もう返事すらできないでいる
(うごくと、 濡れるよ

春には石畑を一枚つぶして
フジバカマの苗を植えようとおもう
アサギマダラをいっぱい呼ぼうとおもう

手、

そうせずにはいけない手、
はどうしようもなくあらわれる
出自のことではない
寛容になれない醜さがわたしにはある、
そのことでもない
身におぼえのないものがまじる手
洗っても洗っても洗ったことにならない手
つれあいの髪の毛がほとんどぬけ落ちた、
そのことだろうか
食べてくれない返事もくれないそのことだろうか
むかし大倉先生がこっそりくださった、
『原色千種昆蟲圖譜』をめくる手、
手、夜の手
わかっている
この手はいざというとき日和る

洗練、とは恥ずかしいということだ
からだで見る、がなくなるとひとは崩れてしまうのだろう。
だいじょうぶ
手には昔がある
遊行の濃いみどりがある
やけどした川原へおりていく時の
おやおやのまなざしに包まれるよろこび
そこに清潔なふるまいがあるのです。
こわれている手、
ことばだけを信じている手、
いいや手になる前の手
さよならよりも遠くなる、
さみしいよりも犬に近い、
手は感情そのものだから
だれにも矯めることはできないのです

うみのたまもの、はたけのくさぐさ

けさがた、お鉢米を繋ぎあるく婆さまがみえられた
ねんぶつとともにある生活原理
動のなかに息づく静、のようなもの
とおい聲のひとだった
手間をかけあう土地だのに
愛想のひとつがいえない
からだに「おかげさま」がないのだわたしは

旅の空を夢想する
しらない街の路地裏で
よび売りの聲にでも化けようか
それともどこか山ふもとの村で
歩荷らに交じって背負子を担ごうか
あり得たかもしれないもうひとつの生、のようなもの
それが旅の本位だろう

あるく、という宿病
詩を書く、という闇
環りの海には
ひとを孤絶させるちからがある
わたしはひきょう者の気もちがわかる

喰いんさらんかい!
みしらぬ男がビニール袋いっぱい生ワカメをくれた
六時の有線放送がながれる
(おててつないでみなかえろ…
あるものですませる島のくらし
義母がまっている
たべごしらえするか

すなどめ

母の日記と、

父がシベリアから持ち帰ったアルミのスプーン。移住を機に処分したらくになった。なんども空を見あげるからだになった。きょうは江戸期の砂留（砂防ダム）まで、夏のあかるい雨になりにいく。たまには濡れてやらないとからだにもすまない気がする。本州島の弛みきった夜から遠くはなれて、ここにはどうにも抗えないものが棲んでいる。得体のしれない圧迫がある。

牡蠣工場の背戸から、

口さがないおなご衆《し》が固まり出てくる。島内《しまうち》の汚いことば使い。ぜんぶ顔に出てしまう清冽なひとらだ。聲にまぜてもらいたいけど、よそ者は面倒臭がられるに決まっている。石屋を曲がる。島嶼部は午後から雨の予報で、潮待ちの船はまだか。家船のこどもらはどこへ消えたのか。

忽然と現れた砂留、をよぎるもの。あれは水天の彼方から、星星に導かれ、竹舟で海をわたりあるいた者らの影ではないのか。いいふらすことではないのだけれど、からだのどこかに竹を炙った記憶がある。羊歯どもが騒ぐとなにやら淫らな気色になる。山ひとつ越えれば石切り場。夜這いも若衆宿も廃れたという。みるもの聞くもの、丸っとからだに入れていくことが大切だった。帰る段になって雨、雨。きょうひと日、米は食さないこと。

聲のよろこび

聲はうまれそだった風土で決まる
聲とはなんの顕われだろう

ながつづきしない背な
会社を辞めたと打ち明けたとき
そういうこともあるよ、と母は笑った
そういうところがいまもある

ときどき粗い映像がまじってくる
おさななじみの春ちゃん、
わかくして死んだ春ちゃん、
ずっと誤解したままでいてほしい

告ぐるなき者らの聲
世界のありさまは映画館でみた

わかったことではなく
よくわからなかったことがからだに残る
難民になれない難民
消費されつづける被災者

話は聞いていなかった、
聲だけ聞いていた、
そういう失礼がよくある困る
どこにも居付けないからだだった

聲を聞き当てることと移動をつづけることは一つことだろうか
あるくはおやおやの無念おやおやの聲に振り回されるよろこび

とおい曠野

日本資本の黄燐燐寸工場はない
武装移民らのどなり聲も聞こえてこない
労働改造所のつめあとも、
改革開放へのとまどいも、
ない。そんなものはどこにもない
あるきまわっているともうどっちが北なのかもわからない
リラの花、リラの花
あしもとで迷っているひかり。
朝から異語の聲調ばかり聞いていると
なんか辛いものが喰いたくなる
その土地のことはその土地のものを喰って
まずは舌で知るのが信条だ
「不辣不革命（唐辛子なくして革命ならず）」は毛沢東
「喰えるときには喰うておけ」が父の教えだ
やかましいのに静かな午後で

あそぶもまねぶもひとつことで
うまいものを喰うてあるき倒すそれ以外なにがある
どこにいてもここではないとわかってしまう
人はみなさみしい犬もさみしい
つけとどけの顔社会
消費に蝕まれた官僚資本主義
いちいち誤訳したくなる
（党のいうことなどだれも信じちゃいない！
（便利になったけどそのぶん生活に金がかかるようになった！
農民工らのボヤキも聞こえてきそうだ
あすは北間島の明東村へいく
星星の痛みはどうだろう
路面電車がくる
なんかかんかくる
もう当事者みたいなものだ

カタコト

早飯《あさめし》は屋台の豆腐脳ですませ
労働公園にでてしばらく広場舞をみる
なまなかな屯匪の子と知れたのか
それともそこいらの腐敗份子と見紛われたか
大連市第四十八中学のうらで黒犬に吠えたてられる
太田郷「開拓」団の幟旗はまだか
十町歩の土地が貰える、はまだなんか
デパートの前で数人に殴打され拘引される裸足の男をみた
理不尽なるものをみた
路が教えてくること
土地廟のまえで手をあわせる
ハリエンジュのいい匂いがする
ふるい集合住宅とぶつかりながらあるいた
あるくことが勤めだった
路面電車にのる

車内はにぎやかに毀れている
化粧をなおしているのがいるスマホにどなりつけるのがいる
とちゅうでのってきた奶奶は定期券が切れていたみたい、
咎めるわかい女車掌とはげしくいい争っている
やっと終わった。と思ったらまたはじまる
あんたら、つつしみというものはないんか
ここは孔子さまの國と違うんか
いいやいのちが丸みえはじき慣れる
むしろ日本語がじゃま
カタコトだけになればよいのだ
ここには空気を読むような窮屈はない
ななめまえの男は紙袋のマントウにかぶりついている
よくみると泣いている泣きながらマントウを喰っている
工場の門に「平平安安回家」

＊広島県の太田川上流域をかつて太田郷と呼んだ。

わるいあるき

それだのにだ。

つい過去の自分と闘ってしまうなんであのとき殴りかからなかったのか。からだのどこかにどろりと膿んだものがあるそのことだろうか。自分に向かってまくしたてているような、わるいあるきだったあとはいぎたなく丸寝するしかなかった。夢をみた。せわしない夢だ。事由なく殴られつづける二等兵。上官が吐きすてたことばと、同期の者らの侮蔑の目の色。飯盒ひとつを提げて赫い曠野をさ迷っている父の姿が見える。貨物輸送用のコンテナをならべたバザール。舗道にのりあげた青い三輪トラック。魯迅街では「和僑会」の幟をもった一団とすれ違う。往来の角をまがると、剝きだしの山膚が迫り、なぜか家畜と乗り合わせた芭石鐵路の乗客だった。重くよろめきながら、いまC2型が「千人脚站」にすべり込む。左の腕にカナブンを這わせている老爺が、飴玉をひと摑みポケットにねじ込んできた。もうなにがなんだかわからない。行きしなのか帰りしなのか。日干し煉瓦の低い家が点在していた。いたましい光だ。若者がシステムに、粗末に扱われている。押し黙ったまま働く人人。空が弱っている、二〇三〇年の皇室カレンダー。不穏份子は一掃され、全労働者の派遣社員化が進んでいた。清節はない。集団を信じない。没有主義（主義もたない主義）のこの不心得者を、誰も叱ってはくれない。とんずらこいていた。太鼓と笛だけの素朴な音色。羊の皮でつくった筏に乗って、大黄河を下っていた。だいだい色の救命胴衣を着け、知らないおんなと笑っていた香蕉を半分こにして喰うた。なんの計らいもない、人間を優劣でみたりしない黄河。渡し場で手をふる。ほいじゃあの〜。ざいちぇ〜ん。どなられに、午前様で帰る。情けない！壁に向かって正座しときんさい！そこで目が覚めた。なにが根こぎにされたのか、テレビをつけると戦時下だった。

あんぴんらおじぇ

ちかづいているのに近づいた気がしない、
じぶんの態度にたまげることがある、
旅先ではよくあることだ
母語の外にいるからそうなるのか
ちゃんと泣いてこなかったからか
安平の老街をあるいている
ふるいのにどこかひらかれている
繁體字の深い息づき
路地が放つねばつくエネルギー
違和こそが歓びだったあるいている
この土地の理を押しつけてくださいあるいている
「營業時間 下午6點起」
の看板のしたで
肌シャツのおとこらが舗道にテーブルをだしてしゃべくっている
あおものを担いでとおる正直な聲

土地公で紙銭を燃やしている胖子（太っちょ）
にわの鳳凰木もまっかに燃えて
ネコが物干し竿のうえをわたっている
そんななんでもないひとつびとつが
とても至純なものに思えてくる

安平老街
ここにはものの基本がある
ことたまのさきわう土地だとわかる
災害献血のポスターに「不分國籍」の文字
ムラからも遠く離れたからだだった。
午飯に喰うた牡蠣オムレツもマコモタケスープもぶちくそうまかった
こぎたない食堂なのになんともうまいものを出しやがる
店の親仁にピンインをからかわれ
台灣はこれっきりかもしれん
もう一食たりともおろそかにはできん

宜蘭

いーらん、いーらん
そのいやらしい響きの街へ行く
わたしには無神経なところがある
川との関係もとっくにこわれている
いいやみなまで言うな
いーらんに行けば
いーらんに行きさえすればなんとかなる
海と山に挟まれた土地を
區間車はのんびりと走り抜ける
「檳榔王」「贔冠食堂」の看板
ななめ前の若いおんなは首に墨を入れていた
にっぽんとたいわん
八重山に渡ってきた水牛、パイナップル工場
台東に伝わり残ったカジキ突きん棒漁。
ふしぎなひかりと連れだって

天使節のこどもらが乗り込んできた
コスプレできめたあんたらも
いーらんまで行くんか
車内の空気もきれいになって
乗客らもどこか浮かれて見える
日千層の白い花が咲いているね
沖の亀山島がけむって見えるね
いーらんにはわからないことしかない、そんな気がする
すべてがその場かぎりになる歓び、
ことばでは制御できないことども、
あるかなければいけないひとなのだわたしは
こんなもんじゃないこんなもんじゃないわたしは
にっぽんとたいわんにだけ残る戸籍制度
いーらん、いーらん
ひとの名前はみなわすれたい

ひかりの川

蓮の花売り娘がとおるシンチャオ！
自転車をおして靴の中敷きを売りあるくのもいる
僧形の少年らとすれちがう軽くお辞儀をすると笑ってくれた

うすい地ビールをやりながら
ひる飯はバイ貝のピリ辛炒めにフランスパンをつけて喰うた
じげの者のをまねるにかぎる絶品だった、めぇ！

ひとは川をみなくなった
ただ群れたがるようになった
わたしはつくづくクズでよかったと思えるのです

ゆびさしてチョートイ（これください）
市場の入り口で蓮の実がいっぱいのチェーをいただく
いい目をしておられた爺さまいい本を読んできたに違いない

そらが俄かにあやしくなった
肩のあたりを澄ませて
一雨くる、をじっと待っていると上瞼の奥がこわれます

ＡＨ１（アジアハイウェイ1号線）の標識雨あがる
北緯１７度のベンハイ川に架かる橋をいまあるいて南下する
見てはいけないものも見てみたい

土手下に黄牛の群れがいるひかり輝いて見える
なんまんだぶ、なんまんだぶ
橋も牛も仏縁としか思えません

アゴの長い李

あるきにあるいた
四・三蜂起とか
「絶望ラジオ」とか
そんなことはいっさい考えないあるいた
ハルラサン（漢拏山）を背に
ソギポ（西帰浦）の海へ
高台から下りていく
みなとがみえて
うれしい
あれがソプソム（森島）
こっちがムンソム（蚊島）
いいひびきだ
雲がよぎってひかりが変わる
山すそのみかん畑
みちばたのチェジャルチェジャル（ぺちゃくちゃ）

舗石にも
マンホールのふたにも
アゴリはおられる
蟹。牛車。すっぱだかの家族。
いのりが重ねられているね
風のかたまりが悪さをしていくね
玄武岩のしずかないのちの息づかい
石を積んでは永々と代を重ねてきたひとびと
ことばはわからないのだけれど
べつに困ることもない
わたしは正しくまちがえたい
たいせつなものはことばにできないものからなっている
この島のどこかの浦から
密航船に乗ったひとを知っている

どこでもかまわない

小半日、人の行き交うを見て過ごす。
マレーなインドな中華なひるめし
あらごとに慣れているような屋台の親仁に
空心菜のチリ炒めとラクサ（ココナッツカレー麵）を注文する
マラッカはふしぎで満ちている

ザビエルとダリットの関係。
ムンバイから一時間二十分飛んでインドインドした街オールド・ゴアへ
遺体が安置された銀館の前で南無阿弥陀仏南無阿弥陀仏
それ以外思いつかない
サンタル人は遠く東の森に住んでいる

王兵のドキュメンタリー映画。
長回しで鳳鳴が厠に立ったままになるシーン
わたしもいっしょに待たされている至福

世界は知るに堪えないことごとでできている
三輪バイクトラックの荷台に乗って
農民工ばかりが住みついた杭州市は二十四番街へいま入る

長距離バスの揺れがまだ残っている。
空爆の被害がまったくなかった古都ホイアン
夜来香の蕾は苦味が口に残ってンゴーン（うま～い）
シクロの運転手と「ビアラリュー」をしこたま飲む
停電。憶えておかなければならないことなどたいしてないのかも知れぬ

はずかしい、がわたしをつくる。
あるいたぶん自分にはね返ってくる土地だ
会いたいひとはいるけどべつに会わなくてもかまわない
ハルラサンなら島のどこからでも見えた
チェジュドはヨーグルトがうまい

あるくことば

二〇一八年九月一日　第一刷発行

著　者　松岡政則
発行者　田島安江
発行所　株式会社　書肆侃侃房（しょしかんかんぼう）
〒810-0041
福岡市中央区大名2-8-18-501
TEL 092-735-2802　FAX 092-735-2792
http://www.kankanbou.com
info@kankanbou.com

装丁・ＤＴＰ　園田直樹（書肆侃侃房）
印刷・製本　大村印刷株式会社

ISBN978-4-86385-335-5 C0092